LETTRE HISTORIQUE SUR

La Réunion des PP. Cordeliers Obſervantins de France, avec les PP. Conventuels.

A NANCY,

Chez { P. ANTOINE, Imprimeur Ord. du Roi, &c
P. BARBIER, Imprimeur & Marchand Libraire.

M. DCC. LXXII.

LETTRE HISTORIQUE

Sur la Réunion des PP. Cordeliers Observantins de France, avec les PP. Conventuels.

*MON TRÉS-REVEREND PERE,**

E m'acquitte, avec plaisir, de la promesse que j'ai eu l'honneur de vous faire. Je vous envoie le détail circonstancié des Opérations du R. P. Husson, député Général des

(*) Le Très-Révérend Pere Duby, Docteur de Paris, demeurant au Couvent de l'Observance de Lyon, m'ayant recommandé, lors de notre passage en cette Ville, pour Rome, de lui faire un détail de tout ce qui concerneroit notre réunion avec les P. P. Conventuels, j'ai eu l'honneur de lui écrire la présente Lettre, qu'il a souhaité voir imprimée.

Cordeliers Obſervantins de France, pour la réunion avec les R R. P. P. Conventuels: ayant été admis, en qualité de Secretaire du R. P. Député Général, à toutes les aſſemblées où les matieres ont été traitées, j'ai eu une connoiſſance aſſez exacte de tous les détails: Je dois, avant que de commencer le récit, vous rappeller, mon très-Révérend Pere, qu'à la Seſſion du 2 Octobre 1769, les vingt-quatre Députés des huit Provinces de l'Obſervance, & le R. P. Gardien du grand Couvent, aſſemblés à Paris, ſous la préſidence du T. R. P. Barbé, Docteur de Paris, Définiteur - Général, & Commiſſaire pour le Révérendiſſime Pere Général de ladite Obſervance, en préſence de Monſeigneur l'Archevêque de Toulouſe, & de M. l'Abbé de la Luzerne, aujourd'hui Évêque de Langres, Commiſſaires du Roi, inſérerent à la fin des actes capitulaires cette délibération. „ De plus, le „ Chapitre a délibéré, de ſupplier SA MAJESTÉ, „ de faire diſparoître de ſon Royaume la diſtinc„ tion des deux Ordres différens de Freres Mi„ neurs, en procurant la réunion des Freres „ Mineurs de l'Obſervance en France à celui des „ Freres Mineurs Conventuels. „ En conséquence de cette délibération, & de celle priſe à Aix par les R R. P P. Conventuels le 23 Avril & jours ſuivans de l'an 1770, intervint un Arrêt du Conſeil du Roi, le 23 Juin 1770, qui ordonnoit un Chapitre national, composé d'un Député de chacune des Provinces des Freres Mineurs de l'Obſervance, & de ſix Députés pour les trois Provinces des R R. P P. Conventuels. Cette aſſemblée nationale a été tenue, conformément à l'Arrêt, au grand Couvent de Paris le 17 Septembre & jours ſuivans de l'année 1770. Là ont été adoptées, ſous de foibles changemens, convenus avec les Députés des R R. P P. Conventuels, les Conſtitutions rédigées par leſdits R R. P P. Conventuels à Aix, & extraites des Conſtitutions Urbaines.

Dans cette aſſemblée d'Aix, les Révérends-Peres Conventuels élurent pour leur Député le Révérend-Pere Pourcel, en ſon défaut le Révérend-Pere Pourret. Dans l'aſſemblée de Paris, composée des Révérends-Peres Conventuels, & des Révérends-Peres Obſervantins, ceux-ci élurent le Révérend-Pere Huſſon, en ſon défaut le Révérend-Pere

Puz. Lesquels Députés devoient présenter au souverain Pontife les constitutions susdites, le Concordat d'union, fait à Paris par les PP. Conventuels & les PP. Observantins, & la Supplique des deux Observances. Toutes ces piéces signées des six Députés Conventuels, & des huit de l'Observance, furent remises entre les mains du R. P. Husson, Lecteur-Jubilé, Exprovincial & Exdéfiniteur-Général de l'Observance, Député & Commissaire-général des Observantins de France.

Actuellement, mon Très-Révérend Pere, je vais transcrire, mot à mot, le Journal que j'ai fait à Rome, touchant notre réunion. J'espere que vous voudrez bien me pardonner la négligence & la prolixité de mon style. Nous arrivâmes à Rome le 26 Avril 1771, & nous mîmes pied à terre au Couvent des SS. Apôtres, résidence ordinaire du Révérend-Pere Général. Le Révérend Pere Brusoni, ancien Provincial & Gardien, reçut notre Député avec toutes les marques possibles d'amitié. Quelques momens après avoir pris logement, le R. P. Gardien nous conduisit chez le Révérend-Pere Général, qui accueillit notre Député avec des témoignages les plus marqués d'affection, de considération & d'estime, & confirma par ses politesses & honnêtetés les ordres qu'il avoit donnés aux Provinciaux & Supérieurs des Maisons de sa jurisdiction, où devoit passer notre Député, de l'y recevoir comme si c'eut été le Général lui-même. Dès ce premier moment, le Révérendissime dit à notre Député, que celui-ci n'auroit point d'autre place dans toutes les séances, qu'à côté du Général ; ce qui a été observé pendant tout notre séjour à Rome. Le Révérendissime, peu de tems après notre arrivée, alla annoncer au Pape le Député de l'Observance, & lui demanda le jour que Sa Sainteté vouloit recevoir ses hommages. Le souverain Pontife répondit qu'il étoit déja averti de l'arrivée du Député de France; que nous étions trois : Sa Sainteté ajouta, qu'étant actuellement très-occupée, elle ne pouvoit donner audience que le premier de Mai, dans le Couvent des SS. Apôtres, après y avoir célébré la Messe : qu'elle traiteroit de l'union avec le Député, pendant le tems que celui-ci resteroit à Rome; que son intention étoit que les choses se fissent d'un commun accord avec le Député de l'Obſervance & les RR. PP. Conventuels. Le lendemain vingt-ſept Avril, notre Député ſe rendit au Palais de ſon Éminence le Cardinal-de-Bernis, Miniſtre & Ambaſſadeur du Roi, pour lui rendre ſes hommages, & lui remettre les lettres de la Cour, & autres paquets dont il étoit chargé. Ce n'étoit pas un jour d'audience. On fit quelques difficultés pour le laiſſer parler au Cardinal. Cependant notre Député, ayant dit au premier gentilhomme de la Chambre, qu'il avoit une lettre du Miniſtre à remettre à ſon Éminence. Auſſi-tôt les appartemens furent ouverts; le Député eut l'honneur de haranguer ſon Éminence, & lui remit ſes dépeches. Son Éminence le remercia affectueuſement; & après lui avoir dit des choſes fort obligeantes, il l'aſſura de ſes bons offices & de ſes conſeils.

Je penſe, mon Très-Révérend Pere, que vous ſerez bien aiſe de lire le compliment de notre Député au Cardinal-de-Bernis. Je connois l'intérêt que vous prenez à tout ce qui regarde ce R. P. l'eſtime & l'amitié, que depuis long-temps vous avez pour lui; ainſi je continuerai à vous faire part des careſſes & des faveurs qu'il a reçues pendant ſa députation honorable, & des complimens & harangues qu'il a eu occaſion de faire ; je les ai recueillis preſque tous: Voici celui qu'il fit au Cardinal-de-Bernis.

MONSEIGNEUR,

C'Eſt le Député de tous les Cordeliers „ Obſervantins de la Nation françoiſe, qui „ vient en leur nom & au ſien, rendre hom- „ mage à votre Éminence, remettre entre ſes „ mains, confier à ſes lumières, & ſubordon- „ ner à ſon autorité & à ſon crédit, leurs „ vœux & leurs eſpérances. Dépoſitaire, „ organe, interprête en cette Cour, des in- „ tentions & des intérêts du plus grand des „ Monarques & du plus puiſſant des Rois, „ daignerez-vous, Monſeigneur, dérober un „ moment à vos plus importantes affaires, „ pour donner quelqu'attention à une dépu- „ tation que le Roi exige, que le ſouverain „ Pontife agrée, & que tous mes Confrères „ demandent. Cette Députation a pour

„ objet, Monſeigneur, & nous ſupplions
„ votre Éminence d'en porter nos vœux aux
„ pieds de Sa Sainteté, d'en obtenir une
„ double grace, l'Approbation de notre
„ nouveau Code, & la réunion à une bran-
„ che de l'Ordre, dont nous n'euſſions jamais
„ dû nous ſéparer : Approbation qui calmera
„ les vraies, qui diſſipera les fauſſes allarmes
„ de la conſcience, qui fixera notre manière
„ d'être, qui nous donnera de la conſiſtance,
„ ainſi s'en explique notre Auguſte Monarque
„ dans les Arrêts de ſon Conſeil; réunion qui,
„ par le plus édifiant ſpectacle, va lever le
„ ſcandale de la diviſion; réunion que tant
„ de grands hommes ont ſi ardemment deſirée
„ & toujours inutilement tentée, dont l'épo-
„ que immortaliſera les Auteurs : réunion
„ enfin ſi glorieuſe à notre Obſervance, ſi
„ précieuſe à nos vœux, ſi chere à nos cœurs.
„ Puiſſent elles les Nations étrangères marcher
„ ſur nos traces, imiter notre exemple, per-
„ ſuadées qu'il n'eſt rien qui puiſſe compenſer
„ les avantages de l'union, rien qui puiſſe
„ réparer les torts que la diviſion cauſe. Les
„ Cardinaux d'Amboiſe en France, Ximenes

„ en Espagne, & tant de grands & puissans „ Zélateurs de l'Observance, avoient sans „ doute des vues saintes, de religieuses inten- „ tions. Mais leur zèle étoit-il assez éclairé ? „ Leur zèle n'étoit-il pas trop amer! Que les „ faits consignés dans les fastes de notre „ Ordre, déposent ici & décident ?

„ Pour nous, Monseigneur, nous allons „ suivre, surs de ne point nous égarer alors, „ le flambeau de vos lumieres ; ce flambeau „ qui éclaire l'Église, l'État, le Clergé, „ le Conclave, les Académies mêmes. Votre „ Éminence, par sa profonde pénétration, „ par sa rare sagacité, par cet art ingénieux „ de manier les cœurs, les esprits & les „ affaires, réglera tous nos pas, appuyera „ toutes nos démarches, secondera les inten- „ tions de notre Auguste Monarque, & con- „ sommera, pour l'honneur de notre Obser- „ vance & la gloire de cette Députation, „ l'heureuse œuvre de notre réunion. „

Le premier Mai, le Pape effectua la promesse qu'il avoit faite au R. P. Général de donner audience au P. Député dans le Couvent des SS. Apôtres. En effet, Sa

Sainteté se rendit vers les huit heures du matin, avec son cortege ordinaire, audit Couvent. Les Capitulans & la Communauté reçurent Sa Sainteté dans l'intérienr de leur Église, tous rangés en haie. Le Pape, après avoir adoré quelques tems le S. Sacrement, dit la Messe, (*) en entendit une seconde; après quoi il se rendit, suivi de la Prélature romaine, dans l'Appartement qu'il occupoit étant Cardinal, (*) où Sa Sainteté prit son chocolat. Ensuite il fit appeller le Député Général des Observantins de France: J'eus l'honneur d'être introduit avec lui; après avoir fait une génuflexion en entrant, nous nous mîmes à genoux aux pieds du S. Pere; lequel ayant apperçu notre Député, paru s'avancer vers lui de dessus son fauteuil, lui disant d'un air le plus agréable, le plus caressant & le plus tendre, *mio caro, figlio mio;* ensuite il l'embrassa, serra sa tête contre sa poitrine, & continua à lui dire en Italien

---

(*) J'ai remarqué que le Pape, dans son Confiteor, y ajoutoit le nom de S. François.

(*) Le S. Pere conserve toujours la clef de cet Appartement.

les choses les plus flatteuses. L'attendrissement & le saisissement où je me trouvois, m'empêcherent de retenir dans ma mémoire ce que le S. Pere dit d'affectueux au Député, lequel harangua le souverain Pontife en présence des Prélats romains, & des principaux Religieux du Chapitre Général, en ces termes.

BEATISSIME PATER.

O *Me Felicem! O me ter quaterque beatum! mihi nunc summum Pontificem intueri licet eum quem universus ad astra tollit orbis, quem Reges, quem Principes, quem Populi ut Patrem communem venerantur, ut oraculum auscultant, & filiali prosequuntur amore; lætabundus aspicio Ecclesiæ caput, lumen, ornamentum, Ordinis decus & amorem nostri, gaudium & coronam; nec vidisse semel satis est, juvat usque morari; miror stupens & summa revereor humilitate Providentiæ donum per viscera misericordiæ Dei nostri; Providentiæ donum dico, satiùs dixero miraculum: virtutum omnium hic est eximius cultor, artium* [illegible] *ingeniosus amans, morumque, fideique, disciplinæ tutor & vindex. Sic ſic, Beatiſſime Pater, omnium corda tibi, & animos omnium deviciſti, ſummam que venerationem ; verus, verus eſt ſermo quem audivi in terra mea de virtutibus tuis, de ſapientiâ tuâ, Beatitudinis tuæ laudes, iterùm dico, ubique terrarum reſonant & merita celebrantur ; verùm verò viciſti famam virtutibus tuis : hinc amantiſſimo Patri fauſta deprecantur omnes ; uno ore, menti conſona voce, intimiſque præcordiis exclamant omnes & ego cum Gallis noſtris, ipſè Gallus ſic Romæ, ſic Pariſiis diu noctuque cantabo, centum vivat ſuos, noſtros vivat annos æternùm victurus, Clemens XIV.*

Le S. Pere, écouta d'un air gracieux, & avec la bienveillance la plus marquée, cette harangue; il y répondit en latin, & dit en ſubſtance, que dans la Place éminente où la Providence l'avoit placé, ſes vœux les plus ardens étoient de procurer à l'Égliſe la paix & la tranquillité, & de pouvoir contribuer au bonheur des Peuples ; qu'il chériſſoit d'une manière toute particuliere, ſon Ordre & ſes Confrères, & qu'il eſpéroit en donner des marques non équivoques : qu'il ſe félicitoit de voir, pendant ſon Pontificat, réunir à ſon Ordre les Obſervantins de France, & rompre enfin le mur de ſéparation, qui depuis ſi long-temps ſéparoit les Obſervantins des Conventuels; qu'il eſpéroit que la réunion des François contribueroit à la gloire de Dieu, à l'édification des Peuples, à l'honneur & à l'avantage de la religion, & qu'elle procureroit la tranquillité des conſciences. Il ajouta, qu'il conféreroit avec le Député de l'Obſervance, en public, & en ſecret; qu'il feroit tout de concert avec lui, & prendroit les moyens de conſommer le grand ouvrage de la réunion. Enſuite le Pape fit appeller les Vocaux Conventuels françois; & après ceux-ci, les autres Vocaux & Religieux. Il careſſat & entretint ceux qu'il connoiſſoit, ſpécialement le Révérend Pere Caſtan, Provincial de la Province de S. Louis: il a eu l'honneur d'être connu particuliérement du S. Pere, dès le tems qu'il étoit Cardinal. Il careſſa auſſi beaucoup le Révérend Pere Pourret de la Province de S. Bonaventure, qui remplacoit, en qualité de Député Général des PP. Conventuels de France, le Révérend Pere Pourcel. Le S. Pere, après avoir reçu les hommages de tous ses anciens Confrères, sortit de son Appartement des SS. Apôtres, pour retourner à Monte-Cavallo. A son passage, il distingua notre Député, & lui caressa encore les jouës avec ses mains; ce qui mérita audit Député, des acclamations & des congratulations de toute la nombreuse & respectable Assemblée.

Le cinq Mai, sur les vives & réitérées sollicitations de notre Député, le Révérend-Pere Aloisius-Maria Marzoni, Procureur-Général de l'Ordre, alla trouver le Saint Pere, & porter à ses pieds les vœux de notre Député, touchant l'examen des constitutions, & notre réunion avec les RR. PP. Conventuels. Le Pape, en conséquence, nomma ledit R. P. Procureur-Général, le R. P. Pastrovichi Consulteur du Saint Office, Examinateur des Evêques, &c. Le R. P. Martinelli Consulteur des Rits, & Procureur-Général des Missions apostoliques, le R. P. Husson, Commissaire & Député général des Observantins de France, & le R. P. Pourret, aussi Commissaire & Député général des Conventuels, pour procéder à l'examen de nos Constitutions, avec pouvoir

au

doient que, s'il y avoit quelques Auteurs zélés contraires à leur opinion, ils en avoient plusieurs qui leur étoient favorables ; ils citoient les Constitutions Alexandrines, le Pape Sixte IV, & beaucoup d'Auteurs graves. Ils ajoutoient que jamais circonstances ne furent plus favorables que celle qui se présentoit ; qu'il s'agissoit de donner un Code de Loix à une Nation entiere ; qu'ayant eû l'honneur d'avoir pour Confrère le Souverain Pontife régnant, ils étoient persuadés que sa Sainteté ne feroit aucune difficulté d'approuver leurs demandes, ayant connu par sa propre expérience la difficulté, d'observer dans toute la perfection la Regle & les Constitutions dans tous leurs points; que d'ailleurs notre Régle & nos Constitutions étant soumises au S. Siege, il pouvoit conséquemment les restraindre ou les élargir, selon le tems & les circonstances ; que Sixte IV l'avoit fait ; que plusieurs autres Papes avoient accordé aux Conventuels les Privileges dont ils jouissoient, & que leurs Peres en obtenant plusieurs de ces Privileges avoient eû les mêmes motifs que les François en les sollicitant, c'est-à-dire, qu'ils avoient en vûe la tranquillité des

Consciences, & que la crainte d'offenser les Observantins avoit été une raison trop foible à leurs yeux pour les arrêter dans leurs sollicitations: qu'il n'étoit pas vrai qu'une pareille dispense dût introduire dans l'Ordre l'inobservance & le relâchement ; qu'on avoit devant les yeux des exemples contraires; que les Bénédictins par exemple, les Dominicains, & une infinité d'autres Congrégations, passoient pour très-régulieres, & que cependant ni leurs Regles ni leurs Constitutions ne les obligoient *sub gravi*: que pour cette prétendue distinction de la Regle de St. François, sur laquelle on s'appuioit si fort, ils disoient qu'elle n'étoit autre chose qu'un joug que leurs Peres n'avoient pu porter. Enfin ils concluoient que les François n'ayant point d'autres vues que le bien général de l'Ordre, la matiere devoit être proposée à tous les Provinciaux, dont plusieurs avoient écrit & sollicité de vive voix, pour que la demande en question fut faite au nom de tout l'Ordre, & pour tout l'Ordre, &c. &c.

Malgré toutes ces raisons, les RR. PP. Consulteurs demeurerent dans leurs premiers sentimens, & dirent que les François pouvoient faire la demande en leur propre & privé nom; mais que loin de donner leur consentement à cette demande, ils se proposoient de faire connoître au S. Pere leurs sentimens & leurs raisons d'opposition par écrit.

La diversité d'opinions fit qu'on ne conclut rien les quatre jours de Séance : Pendant la tenue de ces assemblées, il s'étoit répandu parmi les Vocaux du Chapitre général, qui pour lors étoient presque tous arrivés aux SS. Apôtres, des bruits, peu favorables à notre réunion, avec les PP. Conventuels. Les uns disoient que les Observantins François en se réunissant aux Conventuels, y porteroient, avec l'esprit de réforme, les vaines & futiles Observances, & tout le cagotisme qu'ils reprochent aux Observantins d'Italie. Les autres, au contraire, disoient que bien loin que cette réunion apporta à l'Ordre quelque avantage, il y avoit tout lieu de craindre que les François n'y introduisissent le relâchement : qu'il étoit aisé de voir avec quel esprit les Observantins se réunissoient à l'Ordre, puisqu'en y entrant ils demandoient déja des dispenses; qu'il étoit probable d'ailleurs que cette réunion, toute spécieuse qu'elle paroissoit, n'auroit pas de meilleure suite, que celles qui avoient été tentées tant de fois. Instruit de tous ces propos, j'en avertis le R. P. Député, qui, ayant pris des instructions ultérieures, & jugeant que tous ces discours pourroient avoir des suites funestes pour nous, se détermina à faire cette Apologie des Observantins, que je répandis parmis les Vocaux, par le moyen de mes Amis. *Per ostium benignè apertum simpliciter, & confidenter intrant Observantes Galli, eò solùm tendit ipsorum cum Conventualibus sincerâ, & meliori fide, non punicâ sed gallicâ, desiderata & instanter petita unio; ut nimirum eundem superiorem Generalem ac Conventuales, vestem similem, easdemque penitùs Constitutiones habeant; Constitutiones, inquam, à Conventualibus ipsis de verbo ad verbum ex Urbanis extractas, & ab Observantibus in congressu Parisiensi unanimiter & absolutè acceptatas. Nec inducere volunt Observantes qualemcumque vel reformationem, vel relaxationem, vel mutationem, sive quoad jejunium, sive quoad paupertatem, vel aliud, quodcumque sit, Regulæ præceptum & Urbanarum præscriptum: si demantur, & quidem pro*

Gallis, ea quæ forsan juri Gallico opponerentur. Quominus suas alii servent in omnibus & per omnia municipales leges, nil obstat. Cette déclaration fit cesser tous les propos, & fit revenir de leurs préjugés les Révérends Peres Conventuels.

Le neuf Mai, jour de l'Ascension, j'eûs l'honneur d'accompagner notre R. P. Député à la Chapelle Papalle, à Monte-Cavallo; après la Cérémonie Son Eminence le Cardinal de Bernis ayant apperçu le Député, vint à lui d'un air affable, & lui dit que le Pape avoit conçu pour lui une singuliere estime, que quand Sa Sainteté parloit du Député des Observantins, c'étoit toûjours en des termes de distinction; le R. P. Husson répondit au Cardinal de Bernis, après l'avoir remercié, que sans doute il devoit cette faveur aux bons Offices de Son Eminence; le Cardinal répondit que non, que Sa Sainteté l'avoit prévenu dans ce quelle avoit dit d'avantageux pour le P. Husson; qu'il étoit cependant vrai qu'il n'avoit rien gaté dans l'opinion du Pape: le R. P. Husson, qui avoit plusieurs choses a communiquer au Cardinal de Bernis, principalement pour ce qui s'étoit passé au sujet de l'examen des Constitutions demanda au Cardinal la permission de l'aller trouver chez lui le lendemain. Nous y allames en effet, Son Eminence tira à part le R. P Husson dans un coin de la Salle, & lui dit que sans doute il avoit demandé Audience pour lui parler de quelques mauvais traits de Gens méchans & jaloux; mais qu'il se tranquillisât, qu'il avoit prévenu le S. Pere, que Sa Sainteté lui avoit répondu qu'elle étoit déjà instruite de tout; mais que loin d'avoir diminué l'estime qu'Elle avoit conçue pour le Pere Député des Observantins, ces manéges au contraire l'avoient accrue; qu'il avoit pleine & entiere connoissance de ce dont étoient capables l'envie & la jalousie, qu'il ne pouvoit pas en être la dupe. Le Cardinal de Bernis ajouta que pour lui il applaudissoit, & rendoit justice au mérite du Pere Husson, qu'il n'étoit pas plus surpris que le Pape de voir les traits de jaloux & d'envieux. Le R. P. Husson surpris de cette ouverture à laquelle il ne s'attendoit pas, répondit à Son Eminence sans être déconcerté, & fit tous ses efforts pour excuser les Scribes. Ensuite il lui communiqua l'état où étoient nos affaires ; Son Eminence l'écouta avec affabilité, & lui donna les Conſeils qu'il demandoit avec une bonté & une complaiſance qui marquoient que c'étoit plutôt l'Ami qui parloit que le Miniſtre ou l'Homme de Cour.

Le douze Mai, le R. P. Huſſon & le R. P. Pourret Député des Conventuels, furent à Monte-Cavallo pour avoir Audience du Pape, lui expoſer l'état où étoient nos affaires, & ſolliciter un nouvel examen des Statuts. Le R. P. Huſſon en outre devoit préſenter à Sa Sainteté la Lettre de l'aſſemblée nationale de Paris, le Concordat, les Statuts & pluſieurs autre pieces relatives à notre réunion avec les PP. Conventuels ; j'avois l'honneur d'accompagner les RR. PP. Députés généraux. Quelque tems aprés que le Pape fut retiré dans ſon Appartement, après avoir dit la Meſſe, on nous introduiſit à l'Audience, dans l'Appartement même où Sa Sainteté couchoit ; auſſi tôt que le S. Pere apperçut les RR. PP. Députés, il leur renouvella les careſſes dont il les avoit honorés le premier Mai ; il enchérit même encore ſur celles qu'il avoit faites au R. P. Huſſon ; car le S. Pere ſe levant, prit le Pere Husson entre ses bras, le traita de son cher ami, l'embrassa à plusieurs reprises, & lui donna ce qu'on appelle vulgairement des baisers de Nourrices. Le R. P. Husson ayant voulu se mettre à genouil pour baiser les pieds du S. Pere ; il le releva aussi-tôt, & lui dit qu'il le dispensoit des cérémonies, qu'il vouloit s'entretenir avec lui amicalement, & sans façon; nonobstant cela, le R. P. Husson voulut au moins commencer le Compliment qu'il avoit préparé comme Député général des Observantins : il commença en effet, mais après la premiere phrase, les nouvelles caresses du Pape l'empêcherent de continuer; le Pape l'interrompant, lui dit que ces complimens n'étoient point nécessaires, qu'il falloit agir sans façon, puisquils étoient Confreres & Amis. Alors notre R. P. Député remit au Souverain Pontife les Papiers de sa Commission, dont j'étois le Porteur, & lui expliqua familierement ce que chacun contenoit, il donna aussi au Pape cette Supplique pour presser l'examen des Statuts.

Quo magis accelerari unionem cum Conventualibus ambierunt Observantes Galli, eò plus illam citiùs conſummari deſiderant ; ut autem celeriùs perficiatur illa unio, Beatitudini veſtræ inſtanter ſupplicant ut approbentur & confirmentur, ſaltem pro Gallis, Conſtitutiones ab eis cum Conventualibus & Regis Commiſſariis redactæ, unanimiterque ſubſcriptæ, quæ aliundè eædem in ſubſtantia ſunt, ac Conſtitutiones Urbanæ dictæ, ex quibus nimirum fere quoad omnia de verbo ad verbum extractæ ſunt & in aliquibus dumtaxat, municipalibus nempe, diſcrepant.

Beatiſſime Pater, apud nos ſegniter languent regularitas, ſtudia, ſubordinatio, leges, ſeu legum obſervantia, ſicut in omnibus interregnis contingit. Viſitationes Superiorum, Religioſorum tranſlationes, Provinciarum Congregationes, non ſine maximo ſpirituali detrimento, ceſſarunt, & autoritate regiâ, illas fieri prohibitum eſt quoad uſque ſtatuta eadem quæ Pariſiis redacta ſunt, a veſtra Santitate corrigerentur, approbarentur, confirmarentur. Hinc ſummopere, pro ſpirituali & Religioſo regimine urget ſtatûs noſtri fixatio per Conſtitutionum approbationem. Hanc gratiam noſtræ unioni cum PP. Conventualibus præviè neceſſariam, iterùm atque *iterùm afflagitant tum ex parte Obſervantium, tum ex parte Conventualium generales Deputati.*

Le Pape après avoir donné un coup d'œil ſur cette Supplique, répondit qu'il avoit à cœur la réunion des Obſervantins de France, qu'il prendroit les moyens pour la faire réuſſir, qu'il ne vouloit néanmoins géner en aucune façon les Parties contractantes; qu'il vouloit au contraire, que les affaires ſe traitaſſent d'un commun accord, que quand le Député de l'Obſervance & les autres Religieux François ſeroient convenus avec ceux qu'il nommeroit pour l'examen des Conſtitutions : Alors il y mettroit lui-même la derniere main, qu'il ajoûteroit ou retrancheroit, comme il le jugeroit bon pour le bien commun de l'Ordre, après quelques entretiens ultérieurs ſur cette matiere; le R. P. Huſſon propoſa enſuite au S. Pere une difficulté ſur les Élections: ſavoir ſi pluſieurs Parens, même des Freres, pouvoient tous, ou ne devoient pas ſuffrager; Sa Sainteté répondit que dans certains cas cela ne ſe pouvoit, par exemple, ſi le nombre des Parens égaloit ou ſurpaſſoit le reſte des Vocaux; mais que les Parens pouvoient tous ſuffrager, s'ils étoient en plus petit nombre; le R. P. Huſſon ajouta, qu'en ſuppoſant vingt Vocaux, dont trois ou quatre ſeroient Parens & même Freres, ſi l'Election faite par tous ſeroit valide. Le Souverain Pontife répondit que ſans contredit l'Election ſeroit valide, qu'il n'y avoit là aucune difficulté, car ajouta-t-il a pluſieurs repriſes. *Quid inter tantos?*

Voici la harangue que notre Député s'étoit proposé de faire au S. Pere, & que ſes careſſes empêcherent de prononcer.

Beatiſſime Pater. Quotquot ſunt in Galliis noſtris Franciſcani Obſervantes ecce nunc ad pedes ſanctitatis veſtræ & ſedis apoſtolicæ procumbunt, ſummo Eccleſiæ Principi humillimum obſequium, Reverentiam devinctiſſimam & filialem amorem corde & animo devoventes, ore noſtro ſupplicant unà Beatitudini veſtræ, quatenus auſpicante & protegente Rege Chriſtianiſſimo, ſupremâ ſedis apoſtolicæ authoritate firmentur, Sarta tectaque habeantur Statuta, quæ mox ſub oculis Regiorum Commiſſariorum Archiepiſcopi Arelatenſis & Epiſcopi Ruthenenſis in nationali cœtu Pariſiis diſpoſuimus & ordinavimus, deſiderataque & toties quamvis ſine fructu tentata nostra cum majoribus fratribus unio, tandem, tandem feliciter consummetur. Nostra interest non ipsorum. Crebrò tentatam dico unionem; etenim Clemens IV. tantus illes vir quanti omnes ferè Clementes, qui quantò plus crevit dignitate, inquit historicus, tantò plus floruit sanctitate. Clemens VI. nostras, scientiâ, eloquentiâ & liberalitate tam conspicuus, Nicolaus IV. Alexander V. Sixtus uterque, hi quatuor è nostris de Ecclesia & Ordine Franciscano tam bene meriti, hi omnes, ceterique non pauci, quà Græcos cum Latinis, quà cum Conventualibus Observantes conciliarent & coadunarent, nil non moliti sunt; sed incassùm. Vos manebat, Beatissime Pater, hujusce tam felicis gloria successûs; manebat Pontificem, qui tantâ arte, industriâ tantâ, Principum seu Nationum aversos animos componit, sævas & omnes & ubique sedando procellas, meritò dicendus Clemens conciliator, & hoc eternum vobis erit nomen, Beatissime Pater, Clemens conciliator. Ergò nunc unum erit ovile nobis, sicut unus Pastor; ad fontem rivulus redit, ramus ad arboris truncum: Itali, Hispani, Germani, cæterique omnes Observantes gloriâ nos æquabunt, nostris si vestigiis insistant.

La Supplique que notre R. P. Député général avoit présentée au S. Pere, pour faire procéder à l'examen de nos Constitutions, ainsi que tous les autres Papiers relatifs à notre réunion, furent renvoyés par le Souverain Pontife au R. P. Procureur-Général Aloizius-Maria Marzoni, qui en même temps reçut du Pape la commission d'examiner nos Statuts, & de travailler à leur correction, de concert avec les deux Députés généraux; mais comme les Elections générales approchoient le R. P. Procureur-général se trouva empêché par les affaires relatives au Chapitre où il devoit être élu général; ensorte qu'il ne pût donner ses soins à ce qui regardoit notre réunion: il se contenta de renouveller aux RR. PP. Députés François, les insinuations qui leur avoient déja été faites par les RR. PP. Consulteurs. Savoir que les Statuts de Paris n'étoient point suffisans, étant trop abrégés; qu'il vaudroit mieux prendre tout simplement les Constitutions Urbaines, telles qu'elles étoient dans la derniere édition; sauf aux Députés François de retrancher ce qui paroîtroit contraire au droit François; sauf encore à y ajouter les loix particulieres & municipales arrêtées à Paris, & qui ne se trouvoient pas dans l'édition des Constitutions Urbaines. En conséquence, le R. P. Procureur-général donnoit aux deux Députés plein-pouvoir de travailler, & se proposoit de porter au Souverain Pontife le résultat de leurs opérations pour les faire approuver, n'y ayant pas moyen de travailler à la revision des Constitutions de Paris.

Les deux Députés-Généraux adopterent le systême du R. P. Procureur-Général; on prit un exemplaire des Constitutions-Urbaines, sur lequel les deux Députés firent les corrections nécessaires. On appella des écrivains pour extraire desdites Constitutions ce que l'on croyoit convenir mieux, en former un Code de loix, & le faire approuver du souverain Pontife. Après quelques jours de travail, notre Député-Général fit observer à son Co-député, qu'en continuant leurs opérations, ils alloient se jetter dans des embarras dont ils auroient peut-être peine à sortir; que leur commission paroissoit bornée uniquement à procurer l'union & l'approbation du Cahier adopté à l'assemblée Natio-

nale

nale de Paris; qu'en formant un autre Corps de Constitutions, quoique selon les intentions du Pape, & par l'avis du Révérend-Pere Général, & selon le vœu de tout le Chapitre, ils couroient risque d'être désavoués par les Religieux françois des deux Observances; que d'ailleurs les Constitutions de Paris étant censées approuvées par le Roi, puisqu'elles avoient été formées sous les yeux de ses Commissaires, il falloit s'en tenir à en requérir l'approbation du S. Siege, si on vouloit voir bientôt finir les affaires, n'y ayant pas d'apparence que le Pape voulut approuver pour la France, un Code de loix rédigées à Rome, sans auparavant l'envoyer en France, ce qui tireroit trop en longueur; qu'au reste, son avis étoit qu'on cessât tout travail, jusqu'à ce qu'on eut consulté son Éminence Monseigneur le Cardinal-de-Bernis.

Le R. P. Pourret se rendit à ces raisons: on alla demander audience à son Éminence Monseigneur le Cardinal-de-Bernis, à qui les RR. PP. Députés communiquerent tout ce qui s'étoit passé. L'avis de son Éminence fut qu'il falloit abandonner le projet de former un nouveau Code sur les Constitutions Urbaines ; mais s'en tenir absolument aux Constitutions rédigées, arrêtées & souscrites par l'assemblée Nationale, au grand Couvent de Paris; parce que les Commissaires du Roi, & les Cordeliers de France, qui en avoient des copies, ne les retrouvant pas dans ces nouveaux extraits, seroient fondés à s'en plaindre, & se recrieroient sur ce que les Députés auroient outre-passé leurs pouvoirs.

Ces Révérends Peres suivirent la sagesse de cet avis, cesserent leurs compilations, & renvoyerent les écrivains. Mais, comme l'élection du Général devoit se faire le lendemain, & que le S. Pere avoit déclaré notre Député Général, & moi, Vocaux pour ladite élection, les deux Députés crurent que la circonstance étoit favorable pour demander au S. Pere que l'union fût proposée, conclue & confirmée dans le Chapitre général, le jour de l'élection même du Général, s'il étoit possible ; en conséquence, ils présenterent au Pape cette Supplique.

BEATISSIME PATER.

F. Claudius-Robertus Husson, Minorum-Observantium Galliæ Deputatus Generalis, & F. Franciscus Pouret, Minorum-Conventualium item Deputatus Generalis, ad sacros pedes provoluti Sanctitatis Vestræ humillimè deprecantur, ut cum jam dignata sit Observantes inter vocales cooptare pro electione Ministri Generalis, hujusmodi extendat gratiam, ad ipsam unionem declarandam suæ vivæ vocis oraculo in Comitiis, quam postea, dato tempore, firmiter sperant fore etiam suo Apostolico Brevi evulgandam toti orbi, confirmandamque, si Beatitudini Vestræ bene visum fuerit.

Les affaires ne vont pas vîte à Rome; ce ne fut que le vingt-deux que cette Supplique eut son effet, comme je le dirai en son lieu.

Le seize, le Cardinal François Albani étoit venu présider à la Sindication des Vocaux. Cette Éminence remplaçoit le Cardinal Chigi Protecteur de l'Ordre, que le Pape avoit nommé d'abord, & qui étoit détenu par l'infirmité dont il est mort.

Notre R. P. Député fut appellé au Chapitre, immédiatement après les Officiers-Généraux de l'Ordre. Le Cardinal étoit seul assis auprès d'une table; il demanda à notre R. P. Député, son nom, ses qualités, & à qui il donnoit sa voix pour le Généralat. La réponse donnée, le Cardinal l'écrivit sur un régistre. Je fus appellé immédiatement après; on me fit les mêmes questions, & on écrivit de même mes réponses. Après nous, chacun des Vocaux fut appellé à son tour à la Sindication, ou pour mieux dire au Scrutin préparatoire. Dès le quatorze, le S. Pere avoit déclaré notre R. P. Député Vocal & Membre du Définitoire, & moi Vocal pour l'élection du Révérend Pere Général.

La veille de ce Scrutin, le Rme. P. André-de-Rossi, Général, comme Patron du R. P. Louis-Marie Marzoni, l'avoit conduit en cortege chez tous les Vocaux, pour leur demander leur suffrage en faveur de son Protégé. (S'il y avoit plusieurs Contendans au Généralat, chaque Candidat seroit ainsi conduit par son Patron respectif.) Les RR. PP. Conventuels font le même Scrutin, par le Président du Chapitre

Provincial, & les mêmes présentations pour le Provincialat.

Le dix-sept, le Révérend Pere Général avoit annoncé pour le lendemain les Élections générales, & donné ordre à tous les Vocaux de se trouver à la Salle Capitulaire, & à tous les autres Religieux de se trouver à la porte du Couvent, pour y recevoir Sa Sainteté, qui devoit présider à l'élection du Général. On avoit orné en conséquence cette Salle Capitulaire. Dans le fond on avoit dressé un Trône, avec une table, sur laquelle étoit un Christ, une écritoire, des livres & des papiers; le trône, le fauteuil, la table & les gradins étoient couverts d'un riche tapis de velours rouge, avec des galons & des crépines d'or, & occupoient tout le fond de la Salle. On avoit préparé, en outre, trois fauteuils & une table, le tout couvert aussi de velours rouge, galons, &c. que l'on plaça à un des côtés de la Salle à droite du trône: Tout le grand carré oblong qui formoit la Salle, étoit orné de très-belles tapisseries historiées, séparées par de larges bandes de damas; le tout garni de galons & franges en or, &c. Au dessous des trois fièges deftinés aux trois Cardinaux, de chaque côté de la Salle jufqu'à la porte d'entrée qui faifoit face au trône, on avoit établi une baluftrade couverte de tapifferie, à trois ou quatre pieds de la muraille. C'étoit entre cette baluftrade & la muraille que devoient fe placer les Vocaux. Enfin, on avoit mis au milieu de la Salle une grande table longue couverte d'un riche tapis. Sur cette table étoient plufieurs écritoires, des plumes & du papier.

Le 18 Mai, dès les fept heures du matin, les Suiffes de la garde du Pape occuperent toutes les portes & toutes les avenues du Couvent des SS. Apôtres. Les trois Cardinaux, François-Albani; Negroni, Secretaire des Brefs Apoftoliques: Pallavicini, Secretaire & Miniftre des États du Pape arriverent au Couvent vers les fept heures & demie. Ces trois Cardinaux furent conduits par les Officiers-Généraux de l'Ordre, dans une Salle préparée à cet effet. Vers les huit heures, Sa Sainteté arriva, avec toute fa Cour, fes Chevaux-Légers, fes Cuiraffiers, &c. Il entra dans la Salle Capitulaire, précédé des Officiers-Généraux de l'Ordre, des trois Cardinaux & des Prélats romains, (le refte des Vocaux l'attendoient dans ladite Salle dans les places qui leur étoient préparées.) Le souverain Pontife assis sur son trône, commença la cérémonie de l'élection par ce discours :

Allocutio Clem. XIV.

Mira sane atque incredibili jucunditate Nos afficit conspectus hic Vester, Dilecti Filii; gratissimam enim Nobis Animo commovet privatæ nostræ, atque à prima ætate tranquillè actæ Vitæ recordationem, cum unà Vobiscum in Atriis Domini versaremur, unà Sanctissimis Seraphici Patris vestigiis insisteremus. Hujusmodi pristinæ inter nos conjunctionis memoriam cum Animo repetimus, singularem omninò, qua complexi semper Vos sumus, Charitatis ardorem excitari in Nobis experimur. Hinc Corona hæc, & frequens hic Vester Concessus maximum est gaudium & jucunditas Nostra: præsertim cum Vos in Spiritu Sancto congregatos, eaque agentes, ac de iis sollicitos intuemur, quæ maximam Universi Nobis Charissimi Ordinis Vestri utilitatem comprehendant.

Quid enim est, quod Vestra magis interesse potest, quàm gravissima, quæ in his Comitiis proposita Vobis est cura atque opera Unum ex Vobis eligendi, qui in omni virtutum genere exemplo sit cæteris, ac Universos in optimis vivendi institutis ad accuratam Legum Vestrarum normam diligentissimè retineat? Cujus quidem actionis Vestræ quæ ratio sit, quàm ardua, ac difficilis, præclaré novimus, summamque in ea rectè perficienda curam, integritatem, intelligentiam requiri. Verùm æque cognoscimus, qui Vester sit in communem Ordinis rem Animus, atque ex pristinis hujusmodi Actionum Exemplis non dubiam conjecturam facere possumus, quanta nunc etiam sitis, quam paria rerum gravitati studia allaturi. Id ipsum nobis maximè persuadet Uniuscujusque Vestrûm optimé Nobis cognita, & perspecta Virtus. Nulla enim veriora, atque ad optimum unum inter omnes seligendum aptiora esse possunt, quam judicia Bonorum. Quippe eximia inter se Charitatis Societate conjuncti cum de se modice sentiunt, ac sibi ipsis singuli nihil arrogant, tum in aliorum perspicienda Virtute sunt solertissimi. Proinde Vos nec privati commodi rationes, nec cujuspiam gratia, neque ulla partium studia à vera Vestra laude, atque utilitate possunt deducere.

Tum recte singulis fore provisum putatis; cum præclare erit consultum Universis, tum beatam ac florentem publicam rem Vestram futuram, cum Sanctitate & doctrina vigebit: Hunc vero excelientem Virtutis Statum tum potissimum habituram, cum eum Ducem, ac Præsidem nacta fuerit, qui sit omni integritatis doctrinæ gravitatis, sanctitatis genere ornatissimus. Si quidem is poterit cæteros naviter ad omnem laudem impellere, qui, quod à reliquis efflagitat, ipse antea eximium obedientiæ ac humilitatis specimen dederit; qui simplicitatem prudentiæ, lenitatem severitati, religionem ac pietatem mansuetudini summæque in omnes Charitati cunjungat; qui increpare, & obsecrare, docere atque hortari apte sciat; qui denique Spiritualis vitæ ardorem excitare, & illam Sanctitatis præstantiam à primo Parente, atque Institutore deductam in omnium Animos derivare possit. Magnum profecto ac singulare est quidpiam, unum hæc cuncta posse complecti, quæ in tanto munere gerendo requirimus. Sed extant ampla, atque illustria, quæ consectetur Exempla eorum, qui hujusmodi laude jampridem claruerunt, & hujus ipsius, quem præ-

sentem intuemur, quemque ob eumdem Magistratum recens egregie gestum fatemur à Nobi plurimùm & commendari, & diligi.

Hos itaque imitetur, & quorum gradu insis tet, eorumdem præstantiam referat. Facta præsertim, & consilia Seraphici Patris omnia, & illud sanctè vivendi tamquam clarissimum sib lumen ad sequendum proponat, ac assidu contempletur. Sed cœlestem opem exquira maxime atque imploret: confugiat ad Sancti tatis & bonorum omnium Auctorem Deum ipsum, cui uni inserviet, cujus causam susti nebit: ejus præsidio se muniat, qui vires ac eadem, quæ postulat, largissimè impartitur cum illius ope unicè confidimus. Hunc igi tur, quem hæc aptissimè præstaturum cognoscitis, Dilecti Filii, ostendi vobis à Domino quem eligi ipse velit, existimate. Spiritu Sancti de Cœlo delabentis, atque Apostolorum corda inflammantis memoria, quam nun opportunè recolimus, Vestros etiam excitari, atque incendi animos palam facite: Illum unum Auctorem, & Consiliarium in suffragii ferendis adhibite. Date hoc Nobis; hoc Vestra

la forme prescrite par les Constitutions Urbaines : Le nouveau Général fut conduit aux pieds du Pape par les deux Maîtres de cérémonies, où il fit sa profession de foi ; après laquelle le souverain Pontife lui remit les sceaux de l'Ordre, lui donna le pouvoir de continuer les Sessions & les autres Actes capitulaires. Le Général ayant été reconduit à sa place, le S. Pere dit les prieres d'actions de graces, donna sa bénédiction à l'assemblée, & se retira dans son appartement, où il demeura quelque tems, & retourna ensuite à Monte-Cavallo. Tous les Religieux l'accompagnerent jusqu'à la porte du Couvent. Le Pape s'étant retiré, tous les Vocaux retournerent à la Salle capitulaire: Deux Chantres entonnerent le *Te Deum*, & tous les Religieux allerent processionnellement, par le plus long chemin, à l'Église, pour rendre l'obédience à notre nouveau Général. On avoit préparé, sur le marche-pied du grand Autel, deux fauteuils, où se placerent, aprés les actions de graces finies, le nouveau Général à la droite, & l'Ex-Général à la gauche.

Le même jour, vers les quatre heures du

ſoir, tous les Vocaux allerent proceſſionnellement à Monte-Cavallo : Le nouveau Général fermoit la marche ; les Suiſſes, les Cuiraſſiers, les Chevaux-Légers, les Suiſſes de la Garde, étoient rangés en bataille ſur la place. Le Pape tenoit Chapelle ; il y avoit vingt-quatre ou vingt-ſix Cardinaux, les Généraux d'Ordre, &c. Lorſque les Vêpres furent finies, on nous introduiſit en la Chapelle pontificale, d'abord le nouveau Général, enſuite l'Ex-Général ; après eux, ſuivoient les autres Vocaux deux à deux. Le Général arrivé aux pieds du Trône du ſouverain Pontife, lui demanda la confirmation de ſa charge. (*a*) Le Pape le bénit, & confirma ſon élection. Le Général,

(*a*) Le Général des Conventuels eſt le ſeul de tous les Généraux d'Ordre qui ſoit confirmé par le Pape ; en voici l'origine : Léon X. ayant transferé le Généralat & la Primauté aux Obſervantins, pour ſe vanger ſur les Conventuels, des maux qu'avoit cauſé à ſa Famille Jules II, neveu de Sixte IV, & qui avoit été novice chez les Conventuels, réduiſit ces Religieux dans le même état où avoient été les Obſervantins, tant que ceux-ci n'eurent que des Vicaires-Généraux & Provinciaux ſoumis au Général des Conventuels. Il obligea donc le Supérieur-Général des Conventuels, qui fut élu en même tems que les Obſervantins élurent, pour la premiere fois, le leur, de ſe faire confirmer par le Général du même Ordre. Les ainsi que les autres Vocaux, baiserent les pieds du S. Pere : Je marchois avec notre R. P. Député ; quand nous arrivâmes aux pieds de Sa Sainteté, elle le caressa avec la main, & lui renouvella une partie de ce qu'elle lui avoit dit de flatteur, à l'occasion de notre réunion. Je m'apperçus aussi que les Cardinaux, & ceux qui composoient la Chapelle (excepté le Général des Observantins, & son Procureur-Général,) avoient du plaisir de nous voir, quoique habillés en Observantins, parmi nos nouveaux Confrères. Cette cérémonie étant finie, nous retournâmes à la Maison dans le même ordre que nous étions venus, & immédiatement après, le Définitoire fut assemblé pour procéder à l'élection du Procureur-

---

Conventuels ne purent souffrir une pareille humiliation ; ils s'adresserent au Pape pour lui demander la confirmation de l'élection de leur Général. Il l'accorda. Depuis ce tems, ils ont conservé l'usage d'aller chez le Pape, immédiatement après l'élection, ou après midi. La tristesse dont ils étoient affectés dans cette premiere cérémonie, semble s'être perpétuée toutes les fois qu'on la renouvelle ; en effet, rien de si triste que cette Procession faite sans dire un seul mot, sans réciter une seule priere, ni chanter une note.

Général, & des deux Aſſiſtans le Compagnon & le Secretaire de l'Ordre.

Notre Député, ſelon les ordres du ſouverain Pontife, aſſiſta à toutes les élections, à toutes les ſéances & autres Actes capitulaires. Comme les différentes élections, qui ont ſuivi celle du Révérend-Pere Général, ont été faites ſur le même plan; que d'ailleurs leur forme eſt amplement décrite dans les Conſtitutions Urbaines : Je penſe qu'il eſt inutile de vous en faire la rélation.

Nous eſpérions que le S. Pere déclareroit de vive voix notre réunion, le jour même de l'élection du Général ; ce ne fut que le vingt-trois Mai qu'elle fut propoſée au Chapitre. La veille, le Pape avoit envoyé dire au Général, que l'on propoſeroit au Définitoire en ſubſtance, 1°. S'il convenoit de faire cette union. 2°. Qu'elle ſeroit la maniere de la conſommer. Il ſemble qu'en diviſant ainſi la queſtion, le ſouverain Pontiſe vouloit éviter les difficultés qui auroient pû naître parmi les Vocaux, principalement touchant nos Conſtitutions. Le Définitoire-généra lrépondit conformément aux intentions du Pape, affirmativement quant à la premiere demande, & remissivement au souverain Pontife, quant à la seconde. Notre R. P. Député, prévenu des intentions du Pape, s'étoit préparé à faire publiquement sa demande, d'abord à son Éminence le Cardinal François Albani, qui, au nom du souverain Pontife, présidoit à cette Séance, & qui s'étoit fait le plus grand plaisir de concourir, en quelque chose, à une opération qu'il savoit être si agréable au Pape, notre Union. Mais, quoiqu'agréée unanimement, elle ne fut point souscrite ce jour-là; & la harangue latine, que notre Député avoit préparée pour l'adresser au Cardinal Albani, n'eut point lieu alors, ni celle en Italien pour le R. P. Général, ni une seconde latine pour tous les Vocaux. Voici celle préparée pour le Cardinal.

EMINENTISSIME PRÆSUL.

MElioribus fœlicioribus-ve nequibat sub auspiciis hæc nostra fieri petitio, quàm sub præsidentia Eminentissimi, Colendissimi, om-

nibusque amantissimi tanti viri ; ex antiquiori , Papali , celebriorique Urbis & Orbis familiâ Albani , &c. Je n'ai pû , avec toutes mes furtives recherches , en fouillant le porte-feuille de notre Député, trouver la suite de ce Compliment au Cardinal : peut-être n'a-t-il point été écrit. Celui destiné au R. P. Général étoit conçu en ces termes : *Riverendissimo Padre Ministro Generale Compatisca ; Compatiscano tutti Padri moltò Riverendi. Jo un' Franceze ché ama bene sé lo parla male l'Italiano. Qual' allegrezza é la mia nel poter umiliarmi alla Riverendissima Paternità vostra ; & qual' provero soddisfazzione, se si compiace ascoltarmi ed esaudirmi. La supplico e tutti meco la supplicano gli Osservanti Francesi se degni frà i suoi servii , figlii ed amici ammetterci , acciò possiamo rivestir lo stesso abito e riassumere le medesime Costituzioni. Ridomandiamo la cara , la gloriosa unione , essa con nuovo splendore ramentera e ristorera l'àntica nostra riputazione ; compito sara il Commune desio , se finalmente perfetta , ed irrevocabile diventa questa tante volte , ma indarno stabilita riunione ; così lo stato, che gia era e sempre nostro esser doveva, riacquisteremo. Dodici sommi Pontefici hanno à tal' effetto dato il loro maggiore, e fatto l'ultimo sforzo senza, riuscirvi; quel solo che fa tutta la nostra felicità, riuniendoci per sempre ad un' ordine dà tante cose e dà tanti uomini diventato illustre; da cui compita è la fama colmato è l'onore, da Clemente XIV. Gl' Osservanti tutti verran' senza dubbio à seguitarci, lo credo, lo spero, lo bramo. Come noi allor' pregiati saranno.* Enfin, notre Député adressant la parole à tous les Vocaux, auroit dit:

REVERENDI ADMODUM PATRES.

MIserunt nos ut renovaremus Amicitiam & Societatem sicut in pristinum, quoniam estis Fratres nostri, ne alieni efficiamur à vobis; lætamur itaque de gloria nostra, ibimus vobiscum, audivimus enim quoniam Deus vobiscum est; idipsum nunc dicemus, sentiemus omnes, nec erunt deinceps in nobis schismata, jurgia. quærimoniæ, objurgationes, foras; perfecti erimus in eodem sensu, & in eadem sententia, alacri animo, & unanimi voce Psaltи-Regio succinnemus: Ecce quam bonum, & quam jucundum habitare Fratres in unum. L'union adoptée précédemment, ne fut signée qu'à la Session du vingt-trois. Notre Deputé fit au Définitoire, les actions de graces convenables. Son Compliment lui mérita un applaudissement général. Je n'ai pû me le procurer, ce Compliment n'ayant point été écrit.

Le vingt-cinq, les deux Députés se rendirent au Palais, pour faire au souverain Pontife les remercîemens sur l'union qui avoit été conclue le vingt-trois. Mais à peine notre Député avoit-il commencé le compliment de remercîement qu'il avoit préparé, que le Pape, le serrant entre ses bras sur sa poitrine, lui ferma la bouche, lui dit les choses les plus flatteuses, & témoigna sa joie de ce que tout avoit réussi au Chapitre, conformément aux desirs du Député de l'Observance: le souverain Pontife ajouta, qu'après cette réunion, nous étions véritablement Conventuels; qu'il falloit donc en prendre les marques extérieures; & qu'il vouloit lui-même nous revêtir du nouvel habit; mais qu'il y avoit du tems pour y penſer, que le Député de l'Obſervance reſteroit encore quelque tems à Rome. Il prononça ces dernieres paroles d'un ton qui annonçoit que ſon deſir, ou du moins ſon intention étoit de prolonger le ſéjour dudit Député. Nous reſtâmes à cette Audience plus d'une heure & demie, pendant laquelle on traita de pluſieurs affaires particulieres, ou qui avoient du rapport à notre union. Pendant ce tems, le Secretaire des Mémoriaux s'étoit fait annoncer deux fois, & ſouffroit un peu de la faveur que Sa Sainteté nous accordoit.

Le lendemain, le S. Pere envoya ordre au Couvent des SS. Apôtres, de faire faire à ſes frais trois habits de Conventuels : un pour notre Député ; le ſecond pour moi, & le troiſieme pour le Frere compagnon. Le Pape fit dire auſſi, que ce ſeroit le jour de S. Antoine, après ſa Meſſe, qu'il béniroit ces habits, & nous en revêtiroit, nous faiſant l'inſigne faveur de nous donner ſes propres noms : Notre Député fut appellé Clément, moi Laurent, & le Frere compagnon Antoine. Cette cérémonie étoit si agréable au Pape, qu'il se faisoit un grand plaisir de s'en entretenir avec presque tous ceux qui étoient honorés de son Audience. Nous l'ayant annoncé lui-même, le R. P. Husson crut qu'il convenoit d'en faire part à Son Éminence Monseigneur le Cardinal-de-Bernis, qui répondit que le Pape lui en avoit déjà parlé. Cette annonce de notre vêture, long-temps avant, engagea le R. P. Husson à presser, pendant cet intervalle, l'examen & la rédaction de nos Constitutions; afin que, s'il étoit possible, toutes les affaires fussent finies, pour pouvoir partir avant les grandes chaleurs: Malgré ces pressantes sollicitations, on ne commença l'examen que vers le neuf du mois de Juin.

Les Séances se tinrent dans les appartemens du R. P. Général. Le Révérend-Pere Castan fut appellé pour remplacer le Révérend-Pere Pourret. Le Révérendissime Pere Général, m'appella aussi à ces Séances en qualité de Secretaire. Elles durerent environ quinze jours. Pendant ce tems, on opéra avec plus de méthode qu'on avoit fait jusqu'alors. On prit les arti-

les, relicto quod Observantium erat regimine, Legem, Ducem, Statum ambiunt, Conventualium quam citiùs reviviscere gubernium percupientes. Uno verbo, Beatissime Pater, nostræ imminet religionis & famæ nostræ ruina, quæ ut intra minas hereat & gliscenti malo efficax afferatur remedium. 1°. Obtinenda nobis est quam suppliciter efflagitamus a V. S. Bulla, vel Breve Constitutionum & Unionis confirmativa. 2°. Litteræ Patentes a Rege Christianissimo, eæque Registratæ habendæ sunt. 3°. Bulla Pontificia, Litteræ Patentes Regiæ, nostræ item Constitutiones Urbano-Clementinæ typis mandari, & ad omnes Galliarum Provincias transmitti debent. 4°. His omnibus peractis tunc tantùm convocari poterunt & celebrari Congregationes, in quibus proponentur & acceptabuntur novæ leges, recens que regimen. Multa sunt hæc B. P. labitur mox æstas, per eam, ob nimios calores, iter aggredi valde periculosum; hiemis attamen debet pro Congregandis Capitulis tempus præveniri. His attentis B. P. instantissimas iterant supplicationes Sanctitati vestræ Provinciæ minoriticæ Galliarum per suum generalem Deputatum, quatenus jubere dignetur Breve & Unionis & Conſtitutionum Urbano Clementinarum confirmativum incunctanter expediri: Et Deus, &c.

Quelques jours après que notre Député eut préſenté cette Supplique, le Pape donna commiſſion au Cardinal Negroni de travailler au Bref; mais pour le former, il envoya dire au Général & au Député de l'Obſervance de projetter le préambule : l'un & l'autre travaillerent d'abord ſéparément, enſuite formerent de leur travail la ſubſtance du Bref, qui fut envoyée au Cardinal Negroni. Ce projet du Bref ne fut pas trouvé ſuffiſant, le Cardinal envoya de nouveau à notre Député pluſieurs queſtions à reſoudre, qui demanderent un travail infini, parce qu'elles regardoient toute l'Hiſtoire des Obſervantins en France. Notre Député fournit enfin un ample détail qui ſatisfit le Cardinal. La minute du Bref fut formée, communiquée au Révérendiſſime Pere général & à notre Député qui l'approuverent. Le S. Pere confirma & ſigna le Bref le 9 Août.

Notre Député avoit inſiſté fortement dans la formation du projet du Bref, d'y insérer, que les Obſervantins, en ſe reuniſſant aux Conventuels

ventuels, & en adoptant leurs Loix, leurs Usages, &c. porteroient avec eux, & communiqueroient aux Conventuels leurs Privileges, Exemptions, Juriſdictions, &c. Afin de confirmer par-là leurs Droits & Juriſdictions ſur les Monaſtères de Religieuſes; le Général, ni même le Cardinal Negroni ne voulurent point mettre cette Clauſe: on penſa depuis que c'étoit à cauſe des prétentions de la Province de France ſur la Maiſon de Paris, qui par-là auroit été autorisée à conſerver, après la réunion, les privileges dont elle jouiſſoit avant; or le S. Pere ne vouloit rien ſtatuer ſur cet objet. Notre Député voyant que ni le Général, ni le Cardinal Negroni ne vouloient entrer dans ſes idées, alla trouver le Pape, & lui communiqua ſes craintes, quant à la Juriſdictions ſur les Monaſtères; ajoutant qu'étant une fois Conventuels, on pourroit nous diſputer cette Juriſdiction, & qu'on pourroit faire valoir contre nous la Bulle de Sixte V. qui ôte auxdits Conventuels cette Juriſdiction. Le S. Pere calma les craintes de notre Député, & lui dit que les Conventuels n'avoient point perdu leurs Droits quant à cette Juriſdiction ſur les Religieuſes ; qu'actuellement encore en Pologne, en Allemagne, en France même, ils exerçoient ces Droits ; que d'ailleurs la Bulle de Sixte V. ne regardoit que l'Italie. Sa Sainteté ajouta, qu'il étoit perſuadé que les Evêques ne feroient aucune tentative à cet égard ; qu'au reſte, tant qu'il vivroit, les Conventuels pouvoient être tranquilles.

Quelques jours auparavant, le S. Pere nous avoit donné des marques bien flatteuſes de ſes bontés : il avoit ordonné au Révérend Pere Général de nous décorer du Doctorat, ce qui fut exécuté le huit, en préſence de plus de quarante Docteurs : Le Pape nous mit lui-même, le lendemain, l'Anneau d'or que portent nos Docteurs Romains.

Le dix Août, nous allâmes demander au Pape notre Audience de congé ; le Souverain Pontife combla de nouvelles careſſes notre Député, & parut raſſembler toutes celles dont il l'avoit honoré dans près de vingt Audiences ; il lui accorda une infinité de graces particulieres, & lui remit le Bref, dont il ne voulut pas que notre Député payât les droits & les honoraires ; * & ſachant que nous devions nous embarquer inceſſamment pour revenir en France, il voulut qu'auſſi-tôt que nous aurions des nouvelles de notre Vaiſſeau, nous allaſſions encore une fois au Palais Pontifical, en nous diſant qu'il ſeroit viſible pour nous à qu'elle heure ſe pût être. Nous reſtames chez Sa Sainteté près de deux heures. A peine étions nous de retour à la Maiſon, que le Pape y envoya payer notre Penſion, & faire ſonder notre Député ſur les beſoins d'Argent pour ſon retour, lui préſentant une ſomme aſſez conſidérable. Le R.P. Huſſon auroit crû manquer à ce qu'il devoit à ſon Roi, à ſa Nation & à ſon Ordre, s'il eut paru être dans la néceſſité de tendre la main pour ſubvenir aux frais de ſon voyage, auſſi remercia-t-il le S. Pere de ſa bonne volonté, & refusa conſtamment toute offre pécuniaire.

Le douze, notre Député alla prendre congé de ſon Éminence Monſeigneur le Cardinal de Bernis, avec lequel il eut un long entretien ſur des affaires Perſonelles : Son Eminence ne démentit pas dans cette occaſion l'eſtime & la

* Cette grace du Pape n'empêcha pas que l'on ne fit un préſent très-honnête au Secretaire du Cardinal Negroni.

confidération toute particuliere qu'Elle avoit témoignée à notre Député pendant ſon séjour à Rome.

Enfin le quatorze nous allâmes pour la derniere fois baiſer les pieds du S. Pere : nous avions le cœur pénétré de la plus vive douleur, en nous éloignant d'un Pere ſi chéri. Il parut ſenſible à la peine que nous avions de le quitter, gratifia notre Député de pluſieurs Médailles d'Or où étoit ſon Effigie; j'en eûs une auſſi; & le Frere, des Chapelets magnifiques. Notre Député remit au S. Pere le Bref & les Conſtitutions, parce que dans l'Audience précédente, le Pape avoit dit que puiſque ledit Député n'alloit point à Paris rendre compte au Roi de ſa Commiſſion, il ſe chargeroit de faire parvenir nos Papiers, ou par le Cardinal de Bernis, ou par ſon Nonce. Après avoir reçu la derniere Bénédiction du S. Pere, nous partîmes pour nous embarquer à Civitta Vecchia.

Je vous ai dit peu de choſes du Pape, il eſt trop connu, tout le monde ſait qu'il a toutes les vertus d'un Saint Prélat, & les qualités éminentes d'un grand Prince, ſans en avoir ni les vices ni les défauts.

Pour terminer mon récit, vous me permettrez, mon Très-Révérend Pere, de joindre ici la Copie de quelques Lettres honorables, adresſées à notre Pere Député, & qu'il trouva à ſon arrivée à Nancy; elles ſont des preuves de la maniere avec laquelle il s'eſt montré dans ſa Commiſſion honorable.

LETTRE

DU CARDINAL DE-BERNIS.

A Rome ce 18 Septembre 1771.

J'Ai reçu avec plaiſir, mon R. P. la Lettre que vous avez bien voulu m'écrire de Marſeille: vous avez laiſsé ici la meilleure opinion de votre bon eſprit, & de votre mérite; & ce qui doit vous flatter ſur-tout, c'eſt que vous avez inſpiré une eſtime particuliere pour vous à Sa Sainteté. Je vous renouvelle bien volontiers les aſſurances de celle dont je ſais profeſſion, mon Révérend Pere, de vous honorer plus que perſonne.

LE CARDINAL DE BERNIS.

LETTRE
DU R.P. GÉNÉRAL DE L'ORDRE.

Romæ 25 Septembris 1771.

Reverende admodùm Pater.

NEc apud me, certò credas, nec apud omnes, qui te norunt, ex nostris: (Dicere possem nec apud SS. Pontificem) minuet unquam jucunda, & veneranda recordatio tui, tuorumque quibus ordinem nostrum illustras, meritorum. Quod ergo in te præstiti, debitum erat egregiis virtutibus tuis Tributum. Vivas Reverende admodum Pater, Vivas diutiùs incolumis, pro Ordinis nostri gloria; & post centum annorum curriculum, totidem & eodem splendore vivas in dignissimo quem tecum per amanter amplector, Nepote, utrique fœlicissimum itineris vestri residuum apprecor; utrique Seraphicam ex corde benedictionem impertior.

Paternitatis tuæ admodùm Reverendæ,

Humillimus obsequentissimus & amantissimus in Domino servus.

F. Aloïzius, Maria Marzoni Minister Generalis.

LETTRE

DU R.P. EX-GÉNÉRAL DE L'ORDRE.

F. Dominicus Andreas Rossi, P. Clementi Hussonio S. P. D.

LItteras tuas benevolentiæ plenas avidissimè perlegi, tum quia ante acti consortii tui jucundissimam recordationem animo excitabant; tum quia & itineris & valetudinis tuæ ita me certiorem faciebant, ut tecum presens alloqui & te presentem audire putarem. Quod si, licèt absens, amoris erga te mei non es oblitus, pro certo habe me Urbanitatis erga me tuæ numquam oblivisci: utinam simul adhuc commoraremur! Tu mihi, & ipse tibi solamen invicem essemus. Proh! quàm assiduæ & quàm familiares essent allocutiones nostræ! quæ mutuæ necessitudinis significationes! quam citò laberentur horæ! quàm suaviter tempora! unus esset animus, una animi operatio, & individuæ germanitatis charitate complexi, affatim viveremus. Romæ curis gravioribus solutus, nec spe angor, nec desiderio; & hinc optima valetudine, summaque tranquillitate fruor. In-

terim te Deus sospitem servet. Si quid possum; me, meaque opera liberè utere, & vale.

Romæ in Cænobio SS. XII. Apostolorum die 25 Septembris 1771.

Humillimus, Obsequentissimus servus,
F. D. A. ROSSI Ex-Generalis.

On ne peut douter, après ces témoignages éclatans, de l'honneur que notre R. P. Député s'est fait à Rome, que nous partageons tous; étant son Ami particulier, vous y serez plus sensible que personne.

Je suis avec un profond respect,

Mon Très-Révérend Pere,

Votre très-humble & très-obéissant Serviteur,

*Fr. ***.*

www.ingramcontent.com/pod-product-compliance
Lightning Source LLC
LaVergne TN
LVHW020041170826
845678LV00001B/362

* 9 7 8 2 3 2 9 6 8 8 1 8 3 *